얼굴 한번 봅시다

정산珵山 이 헌李憲

- 전라남도 나주 출생
- 시조사랑(2015,시조), 한국작가(2014, 수필) 등단
- 한국문인협회, 한국시조협회, 관악문인협회,
  한국문학협회, 한국시조문학협회 회원
- 시조집 :『바람의 길을 가다』『동산에 달 오르면』
      『어머니의 빈 집』『세월을 중얼대다』
      『곱다시 사랑합니다』『얼굴 한번 봅시다』
- 문 집 :『하늘 집 사랑채(김창운 공저)』출간
- 제9회 대은시조문학상(작품상), 시조문학 작가상
- e-mail : honeyboy2@daum.net

얼굴 한번 봅시다

2023년 6월 15일 제 1판 인쇄 발행

지 은 이 ｜ 이 헌
펴 낸 이 ｜ 박종래
펴 낸 곳 ｜ 도서출판 명성서림
등록번호 ｜ 301-2014-013
주   소 ｜ 04552 서울시 중구 삼일대로8길 17 3~4층
대표전화 ｜ 02)2277-2800
팩   스 ｜ 02)2277-8945
이 메 일 ｜ ms8944@chol.com

값 10,000원
ISBN 979-11-92945-42-2

이 헌 단시조집

얼굴 한번 봅시다

도서출판 명성서림

시인의 말

   내 보일 것 하나 없이 마음만 바쁘게 살았다.

   할 일도 하고 싶은 일도 아직 많이 남았기에 그리움과 기다림이 살아 숨 쉬고 있는 날까지 미욱한 생각들을 글다운 글, 시조다운 시조로 빚어 비워둔 마음속 텃밭에 심고 또 심으련다.

   가끔 시조는 나에게 무엇일까라고 생각해본다.

   오늘이 있기까지 나를 지켜준 든든한 버팀목이고 지원군이며 많은 것을 생각하게 하고 또한 가슴을 설레게 한 소중한 네 삶의 한편이다. 이러한 시조를 놓지 않고 싶다. 모자라고 여물지 않는 글에 귀중한 시간을 내어 꼼꼼하게 살펴주시고 시조의 멋과 맛을 일러주신 이서연 시조시인님께 깊은 감사의 말씀을 드린다.

   앞으로 더 좋은 글로 보답하고자 하는 작은 바람을 오래오래 함께하고 싶다.

2023. 6.

이　헌

2

나
비
날
다

4

촛불 켜다

1부

봄비 내리면

동행

바람은
향기 풀어
너와 나 이어주고

생각은
우리들을
한길로 이끌었다

함께 할
아름다운 길
어디인들 못 가랴!

산사에서

고요가
똬리 틀고
어둠이 먹물 같다

아픔을
견뎌내며
돌 위에 돌을 놓고

달빛이
머물다 간 자리
뜬마음을 앉혔다.

나의 하루

봄비에
적신 아침
찻물을 올려놓고

어둠속
빗장 열어
마음의 주름 펴줄

정갈한
시조한수 읽는다
이 하루가 오롯하다.

봄비 내리면

실비에
발목 적신
깨복쟁이 여린 나목

뾰루지
돋아나듯
마른가지 새움 트면

실버들
하늘거리고
밭두렁에 해쑥 돋네.

어찌 사시는가?

마음을
비워내는
새소리 말간 아침

쿡 박혀
소식 없는
친구를 생각한다

바람에
꽃향기 실어
저녁이나 불러낼까.

별똥별

아무리
보고파도
네 곁에 닿지 못해

입술을
깨물어도
그리움 절절한데

별 하나
제 몸 사루며
그예 먼 길 가더라.

가을에 들다

달 밝고
벌레소리
또록또록 여무는 밤

목 늘여
기다리는
애틋한 그리움에

가뭇한
기억 하나, 둘
나직나직 돋는다.

0점 인생

부질없는
꿈이라도
한번쯤 꾸고 싶다

아무리
더해본들
너와 나 0점 인생

우리는
언제쯤 1이 될까
그런 날이 오긴 올까?

겨울밤

바람도
지나쳐간
잎 털린 겨울나무

보타져
마른 가지
내 눈물 매달았다

해지고
어둠 내리면
잔별로나 돋을까?

혼자인 날

조각달
밥에 얹어
끼니를 때운 저녁

그리움
높이만큼
외로움 깊어지고

마실 온
달빛을 품었다
혼자라도 좋았다.

멍

그럭저럭
살았으니
내놓을 것 하나 없고

붙박이로
앉았으니
돌아갈 곳 어디 없다

가슴에
섬으로 남은
이 아픔을 어쩔거나?

산에게 물었더니

화내고
화해하고
사는 일 힘들어서

어떻게
살아낼까
산에게 물었더니

보듬고
아낌없이 주고
그냥 웃고 살라네.

아픈 날

날마다
모자라고
바빠도 하릴없고

행구지
못했는데
바람만 불어댄다

연잎을
또르르 구르는
눈물 같은 시 한 수.

내 탓이오

마음을
닦아내면
숫눈처럼 하얄 테고

미움을
털어내면
하늘처럼 넓을 텐데

한 번도
그리 못하고
남의 탓만 했었다.

진盡

꽃들이
진자리에
생명을 잉태해도

얻음도
깨달음도
남길게 하나 없는

겨운 삶,
견딜 수 없었나?
바람마저 새나갔다.

벙어리 냉가슴

마음의
문을 닫고
죽은 듯 살아온 날

볼 것은
봐야 하고
할 말도 남았는데

아무도
미워할 수 없다
기다림이 둥글다.

질경이

채이고
짓밟혀도
탓하지 않으련다

풀숲이면
어떠하고
길섶인들 마다하랴

애초에
바라지 않았다
견뎌내며 지켰느니.

일상

처진 어깨
추스르며
온종일 종종대도

헛것을
보았을까
늪에라도 들었던가?

흐려진
안경을 닦으며
가끔은 날 잊습니다.

요즘 세상

능치고
도망가고
때로는 엎드리고

앞뒤를
잘 살펴야
욕 안 먹고 살 수 있다

사는 게
그리 쉬운가?
시고 떫고 아리지.

깊은 밤

그림자
드러눕고
생각도 무뎌지고

비워둔
가슴 채울
글 한줄 간절한데

고요도
돌아눕는 밤
풀벌레만 우는가?

그리운 날

뱀처럼
누운 능선
바람이 내달리고

빈속을
채워 넣듯
호수에 잠긴 하늘

사무쳐
그리운 날은
기다림도 덧난다.

늦둥이 봤다

한때는
남들처럼
푸른 꿈 꾼 적 있다

누구를
탓할까만
잊고 산 사십 팔년

종심從心에
늦둥이 봤다
책 한권을 내놨다.

힘든 세상

날마다
조리질해
근심을 건져내고

알전구
갈아 껴도
눈앞이 침침하다

어둔 귀
열어 제치니
비명소리 뿐이네.

그냥 사는 거지

알고도
속아주고
모르면 넘어가고

우리가
사는 세상
그렇고 그런 건데

이제야
따져서 뭐해
아픈 속을 어쩌라고.

2부

나비 날다

봄날

나무가
눈을 뜨고
풀꽃이 몸을 여는

옹알이가
한창이다
고요를 들춰낸다

바람의
발자국소리에
여린 잎이 눈을 뜬다.

산책길에서

글 한줄
얻으려고
생각을 궁굴리며

낙엽이
지운 길을
눈目으로 쓸어낸다

하늘엔
흰 구름 한 채
이 가을을 탁본한다.

그늘의 시간

그 사람
생각나면
가만히 눈을 감고

그래도
보고프면
목 늘여 하늘 본다

할 일도
할 수 있는 날도
얼마 남지 않았다.

나비 날다

봄바람
어깨 펴고
들판을 쏘다니며

논두렁
밭두렁에
잠든 풀꽃 깨워내는

봄날이
환하고 환하다
노랑나비 날다, 날다.

가을남자

할 말도
다 못하고
울음도 참아내고

가을을
타는 나를
다독이듯 비가 오면

가끔은
혼자이고 싶다
바람소리 들린다.

그립다

틈새를
비집고 든
햇살을 꼭 보듬고

마음을
다독다독
추억을 들춰가며

잡힐 듯
잡히지 않는
네 마음을 좇는다.

백두산*

젓가락
다리 끌고
힘들게 내민 얼굴

몸이야
삭았지만
마음은 아직 이다

친구여!
예까지 잘 왔네
건배사는 백두산.

* 백 살까지 두발로 산에 가자

눈이 오네요

한번쯤
이야기나
나누고 싶었는데

아픔을
삭이는지
겨울 산 말이 없고

하늘엔
점점이 목화송이
시방 눈이 오네요!

빈속

소나기
한 자락에
묵은 맘 씻어낸 들

지치고
굳어진 몸
허리 펴고 설수 있나

텅 비어
속 깊은 항아리
깨진 꿈을 묻었다.

시조 한수 뽑아들고

잠시만
기다려요
소나기 보내놓고

무지개
다리건너
너에게 달려갈게

마음속
텃밭에 심어둔
시조 한수 뽑아들고.

정情

굴레를
벗어 내고
네 곁에 내가 섰다

그 끝이
여기든가
물어물어 찾아왔다

무엇을
더 바랄 손가?
불씨 한 점 지핀다.

오일장에서

유모차
따라나선
등 굽은 할머니가

난전에
펼쳐놓은
산나물 한 보따리

봄 향기
물씬 풍기고
사투리가 춤을 춘다.

세상인심

산의 속살
헤집으러
숲속에 들었더니

캄캄한
굴속이다
앞뒤가 꽉 막혔다

햇살도
외진 구석은
찾아들지 않았다.

텅 비었다

행구고
털어내고
뜬 마음 닦달해도

기름때
씻어내는
쓴 소주 그리운 날

아무리
참고 참아도
글썽인다. 멜갑시*!

* '괜히'의 방언

핑계

비 오면
비 온다고
술 한 잔 하련마는

모두들
뭐하는지
전화도 한통 없다

그런가?
그들도 나처럼
혼 술이나 하는가.

입춘 무렵

바람이
입질하고
봄눈芽이 찌 올리는

입춘 날
언저리에
갯버들 몸을 풀고

탱탱히
물오른 동백
젖은 입술 훔친다.

해탈

산허리
작은 암자
고해苦海로 내린 안개

맑디맑은
계곡물에
구름 한 점 빠져들면

눈감고
그려본 세상
마음 닦고 사는 일.

내가 사는 법

손 놓고
기다려라
재촉도 하지마라

세상의
모든 일은
때 되면 익기마련

아무리
바쁘다 해도
바늘허리 실 뗄까?

겨운 날

서리꽃
차디차고
퍼런 하늘 눈 시린데

지우지
못한 이름
기별도 아니 오고

시렁에
얹어둔 하루
펼치지도 못했다.

꾼들

꽉 막힌
세상에서
알차다 텅 비었다

실없는
말을 하고
뼈 없는 글을 쓰는

허재비,
함께할 수 없는
그들은 누구일까?

명銘

눈앞에
보이는 것
세상의 다 아니다

마음의
구김 펴고
흐린 눈 닦아내고

네 뒤를
돌아 보거라
아픔 서로 나누어라.

보고 싶다

한 자락
명지바람
풀꽃이 일어서고

실개천
물비늘이
별처럼 반짝이는

찔레꽃
하얀 봄날에
눈부신 너, 보고 싶다.

일념

피멍든
손을 불며
아픔을 견뎌내고

감추며
살아가는
그 고집 알만하다

다물고
살아왔다고
생각이야 없을까?

혼잣말

미동 없는
찌를 보며
마음을 갈앉히고

아궁이
깊은 속에
불씨를 묻어뒀다

지난 날
아픔쯤이야
무에 그리 대순가?

3부

얼굴 한번 봅시다

산촌山村

저무는
하루해가
비스듬 걸려있는

주름진
산자락에
구름이 쉬어가고

이따금
산새 내려와
내 안부를 묻고 간다.

다짐하면서

바람이
부는 날은
하늘을 날고 싶다

근심도
내려놓고
걱정도 털어내고

미상불
조붓한 가슴에
꿈 하나를 심는다.

오월에

알싸한
달래 향에
막힌 숨 탁 트이고

초록 잎
윤기 도는
다시 또 오월이다

찔레꽃
하얀 눈물이
꽃비 되어 날리는.

얼굴 한번 봅시다

사는 일
곤곤해도
무시로 털어내며

뒤축이
다 닳아도
한 길을 걸어왔다

이만치
살아냈으니
얼굴 한번 봅시다.

가을 강

갈대가
서걱서걱
시린 몸 비벼대는

강가에
혼자 섰다
강물을 배웅한다

눈물을
모르는 사람도
울 줄 안다, 가을엔.

나도 안다

철따라
꽃이 피고
때 되면 절로 지는

다 아는
세상이치
뉘라서 모를까만

꾼들은
아는지 모르는지
잘 난체만 하더라.

겨울 산

동안거
겨울산은
골골이 적막인데

허기진
멧새들은
빈가지 쪼아대고

어둔 귀
쫑긋 세우니
졸졸대는 실개천.

박꽃

달빛이
내려앉은
잊히어 텅 빈자리

지난날
돌아보면
참으로 막막했지

까만 밤
빛 한 점 없어도
하얀 꽃을 피웠다.

귀머거리

두 귀를
모두 닫고
소리도 잊고 살면

하루쯤
고단해도
견딜 수 있으련만

내속에
 나를 가두고
외톨이가 되었다.

뭐하고 놀까?

오늘은
산에 들어
새소리 주워 담고

내일은
강가에서
갈대와 벗을 하며

구급차
날이 선 비명
털어내고 싶어라.

비정규직

얼룩져
고단한 삶
깨끗이 빨아 널고

구겨진
마음까지
반반하게 다렸는데

아직도
모자라는가?
아플 만큼 아팠다.

보릿고개

텃밭에
하지감자
밑들려면 아직 멀고

바람이
치근대는
청 보리 풋풋한데

찔레 순
입맛 다셔도
고프기만 했었지.

소나기

단숨에
후려치는
하늘의 채찍질에

욕심을
내려놓고
허망을 씻어냈다

아무도
거역하지 못한
꾸지람이 따끔하다.

성묘

눈물로
씻고 씻어
꽁보리밥 삶아내신

어머니
아픈 사랑
어찌 말로 다 하리까?

올곧게
한길가거라
명銘으로 새깁니다.

여백

어둠의
가장자리
새벽이 뒤척이고

그리움
깍지 푸는
아침이 눈부시다

여백은
숨겨둔 마음
설렘으로 번진다.

네 생각

때로는
들뜨다가
가끔은 설렘으로

너만을
생각하며
넉넉할 수 있다면

빗소리
실로폰 소리
주워 담고 싶어라.

잊고, 잊히고

눅눅한
사연들을
말리지 못했는데

안부가
궁금해도
물어볼 수 없었다

세월이
약이라지만
그리 쉽게 잊힐까?

해거름

닳아져
해진 마음
깁지도 못했는데

온종일
뒤숭숭해
상처가 덧이 나도

뜬마음
접지 못했다
해넘이를 혼자 본다.

그리 산다

사는 게
다 무엔가
견디며 사는 게지

못다 푼
꼬인 삶은
그대로 덮어두고

깨진 꿈
곱게 모아서
조각보로 밖아 내며.

짝사랑

잡아 줄
손도 없고
내어줄 어깨 없어

날마다
하릴없이
헛생각 궁굴리다

앵돌아
달아난 마음
붙잡지도 못했다.

빚졌다

비틀린
세상일에
마음이 흔들려도

한 해의
끝자락에
안부를 물어가며

억지로
나이를 먹었다
갚지 못할 빚인가?

따지지 말자

그날로
돌아갈 수
없지만, 없겠지만

두 눈을
뜨던 감던
시간은 쌓여간다

이제와
더하고 뺄게
있다한들 뭐할까?

흰소리

바름과
구부러짐
따져서 무엇하고

버려야
얻는 것을
이제야 안다 해도

어차피
손 털고 나면
쭉정이만 남는 것을.

적적 寂寂

고요가
울을 넘는
늦가을 적적한 밤

빛바랜
한지 창에
달빛도 침침하다

글 한줄
캐내지 못하고
생각마저 봉했다.

4부

촛불 켜다

상원*上元

대보름
달이 떴다
북 같은 달이 떴다

달집 태워
소원 빌고
쥐불이 춤을 추면

상쇠의
꽹과리 장단에
온갖 시름 다 지운다.

* 음력 정월 보름

춘 사월

봄빛이
하 고와서
다물지 못했지요

눈처럼
하얀 배꽃
그만 눈을 감았지요

자꾸만
눈에 밟히는
잔등너머 과수원길.

장독대

봉숭아
채송화가
환하게 웃고 있는

아무도
넘지 못할
어머니의 작은 영토

오뉴월
뙤약볕 아래
소금 꽃을 피웠다.

촛불 커다

꽃이야
꽃이지만
다 같은 꽃 아니고

눈물도
눈물 나름
뜨겁고 뜨거웠다

제 몸피
줄여가면서
어둠 그리 밝히는가.

미운 마음

생각을
버물어서
시 한수 빚어내고

아프고
시린 가슴
여미고 싸매본들

시쳐져
잊히겠습니까?
그리할 수 없습니다.

가을밤

기다림
끌어안고
속으로 우는 밤에

갈대는
온 몸으로
아픔을 털어내고

눈물샘
눌러 덮어도
열꽃으로 돋는다.

길을 가다

꼭 막힌
세상에서
큰길가다 샛길 들고

길 아닌
길도 가며
제 나름 잘들 산다

때로는
내키지 않아도
비켜서고 돌아섰다.

그날

글 한줄
얻지 못해
하루가 헐거워도

차분히
눈 내리면
일없이 그냥 좋다

그날도
함박눈 포근했지
네 손 처음 잡던 날.

너럭바위

그 사람
기다리는
꿈이야 늘 꾸지만

이끼가
돋아나고
옆구리 실금 나도

가부좌,
제자리 지킨다
묵언 수행 중이다.

그릇

밥 담고
물도 담고
세상을 다 담아도

넘치지
않는 그릇
그쯤은 되어야지

그릇이
제 분수 모르고
그릇僞생각 하면 되나.

달동네

외등이
부릅뜨고
골목길 지켜주던

신림동
산1번지
서울의 처음 내 집

우듬지
까치집이지만
내 이름을 걸었다.

영산강

바람의
등을 타고
어깨를 들썩이며

사 백리
남도들녘
휘감고 가로질러

넉넉히
젖을 물리신
민초들의 어머니다.

작은 포구에서

아침 해
낚아 올려
눈 뜨는 작은 포구

파도에
실려 오는
먼 바다 비릿 내를

몽돌은
온몸비비며
마음 닦듯 씻는다.

서울사람

들고 날
문 없어도
틈새를 기웃대며

오늘도
넉살좋게
세상의 늪에 들어

하루를
길 위에 세우고
두 주먹을 불끈 쥔다.

겨울 강

앞섶을
꼭 여미고
짧은 목 움츠리고

바람이
썰매 타는
겨울 강 보러간다

햇살은
숫눈위에다
인증 샷을 남기고.

한때는 그랬지

안 보고
아니 듣고
그리 살면 되는 것을

실처럼
가는 목숨
숨 조이며 살아왔다

등 하나
밝히지 못하고
빈 하늘만 쳐다보며.

곤한 날

저물녘
가로등이
꽃처럼 툭 터지면

헛디딘
발걸음에
기우뚱 지는 하루

서녘을
사르는 노을
고운 줄도 몰랐다.

남은 길

혼자서
걷는 길이
외롭긴 하겠지만

아쉬움
곱씹으며
시간을 찍고 간다

해지고
어둠 내려도
반듯하게 그렇게.

달 없는 밤

시름이
새끼 치는
그믐밤, 달 없는 밤

사위四圍는
적막인데
하늘은 깊디깊고

목이 쉰
바람소리만
빈가지에 걸렸다.

불면

달 없는
그믐밤에
마지막 셈을 하며

세월이
조각나도
없던 일로 다짐했던

오래전
잊고 산 일 들이
양각으로 돋는다.

백수일기

세상의
쓴맛단맛
못 볼 것도 다 봤는데

속 끓여
뭐할까만
그래도 견뎌야제

하루가
곁눈질하며
산을 꼴깍 넘었다.

힘겨운 날

힘들고
외로워서
마음이 아픕니다

부릅뗘
참아내며
겨우겨우 버팁니다

해름 참
바람이 찹니다
나 누울 곳 없습니다.

늦가을 단상

할 말이
남았는지
갈 길을 잃었는지

차가운
돌계단에
단풍잎 앉아있다

옷고름
만지작만지작
눈물 찍어 바른다.

한해를 보내며

잔기침
콜록대는
한해의 끝자락에

네 안부
물어 본다
괜찮지? 별일 없지?

세월이
무심하다더니
정말인가? 그런가?

조심누골彫心鏤骨의 언어, 그 원형의 미학
– 이 헌의 단시조 세계 –

이 서 연
시조시인·문학평론가

존재한다는 것, 관계와 관계의 순환

인간의 사유와 감성을 언어로 표현한다는 것은 존재의 흔적이자 의미 있는 작업이다. 홀로 존재 되는 것은 없기에 삶이 진행되는 동안 얽히는 관계와 관계가 형성된다. 또한 그 과정에서 다치고, 회복하며 평범으로 돌아가는 순환 속에 사유의 삶, 사유적 인간이 존재 된다. 함께 해도 외롭고, 혼자 있어도 만족한 그 모순의 인생을 언어로 남길 수 있는 권한– 어쩌면 삶이 아름다운 것은 그렇게 흔적을 남기는 순간에 더욱 새로운 의미가 탄생 되고 있기 때문이 아니겠는가. 사유의 뿌리가 삶을 지탱하는 가운데 부여되는 가치, 이것이 작품으로 나타나면 '미학'이라는 표현을 빌리지 않더라도 그냥 의미로운 아름다움이다. 따라서 성숙한 삶을 추구하는 사유의 인간으로 존재케 하는 문학, 또한 존재의 근원을 응시하게 하는 문학으로서 이헌의 서정적인 작품에 부여된 삶의 의미가 어떤 공감력을 보여 주는지 살펴보도록 하겠다.

다양함이 인정되고 있는 시대라는 것은 그만큼 존재에 대한 담론조차 단순하지 않다는 것을 의미한다. 따라서 변화와 변증법이 수많은 담론을 이끌어 내는 시대에 가장 절제된 메시지인 단시조를 감상하기 위해서는 군더더기 제거된 그야말로 조심누골彫心鏤骨언어가 지닌 그 원형의 미학성에 초점을 둘 수밖에 없다.

이헌의 단시조집『얼굴 한번 봅시다』는 진지함이 무겁지 않고, 은유적 표현에 껍질이 두껍지 않아 마치속 깊은 얘기를 차 한 잔 마시듯 듣는 느낌이다. 아울러 삶이 제공하는 언어의 아름다움을 잘 활용하는 작가의 작품이구나 싶다. 관조하는 삶의 초점이 뚜렷하고, 주제를 나타내는 언어와 소재가 서정성과 조화를 잘 이루고 있다. 또한 함축성과 운율이 자연스럽게 앙상블을 이루어 감상의 즐거움을 북돋워 준다. 이런점에서 단순한 것도 어렵게 표현하는 것이 퍽 괜찮은 작품인 양 여기는 이들에게 가장 어렵지 않게 내면을 표출하는 비법서로 이 작품집을 건네고 싶은 생각이 든다. 시 하나 쓰기를 애 하나 낳는 것처럼 성스럽게 여기는 진지함은 좋지만 남이 하지 않은 독특함을 장식처럼 부여하기 위해 난해한 표현을 찾다가 자연스러움을 놓치는 경우가 많다. 함축적인 원리를 잘 적용하면서도 율격을 잘 고려한 이 헌의 작품들이 톡톡 튀는 언어들을 채집해 나열하는 시도로 새로운 시조의 세계를 보여 주려는 작가들에게 난해한 언어가 감성의 흐름을 인위적으로 방해하고 있지 않은지 돌아보게 하는 기회를 제공하리라 본다.

문학은 어떠해야 한다는 공식과 답이 없지만 전략적으로 그럴듯한 언어의 조합에 중점을 두는 경향의 작품들을 보면 사유를 나열했을 뿐 사유의 깊이에 집중하지 못한 채 언어만 채집만 느낌을 받는다. 이런 시대일수록 전형적 시조의 미학성을 갖춘 작품을 만나면 각별하게 관심이 간다. 단시조의 매력은 언어의 정수가 보여 주는 몰입감에 있다고 할 수 있다. 또한 의미부여가 상징적 시어에 얼마나 자연스럽게 녹아 있는가에 따라 공감력을 얻게 된다. 이런 면에서 살펴볼 때 이헌의 작품은 특별한 시적 장치 없이 담담하게, 그러면서도 치열한 내적 성찰의 결과들을 다

양한 주제로 잘 진행 시킨 나름의 노하우가 보인다. 특히 삶을 관조하는 방향이 자아의 존재론적 인식에서 시작되고 있다. 그것만으로도 풍부한 삶의 경험에서 터득한 경지를 이해하는 지점에서 공감력을 살펴볼 수 있다.

탄력 있는 언어로 시조의 정형성에 맛을 내다

시조의 아름다움은 정형성에 있다. 고려 말 우탁의 시조를 시조의 시조로 여기는 가운데 근현대사에 여러 문학의 장르가 생기는 동안 시조가 사라지지 않고 유지된 것도 우리 말이 갖고 있는 고유한 특성을 살린 정형성이라는 정체성을 잃지 않고 있기 때문이다.

다만 요즘은 현대시조에서 종종 배열 형태가 자유시처럼 달라지고 있다. 그렇다고 시조의 정형성을 파괴하는 현상이 아니라 현대인들이 사용하는 언어가 지닌 호흡의 길이를 보여 주고 의미의 긴장감을 고조시키기 위해 보여 주는 변화라 할 수 있다. 한편, 이런 현상은 현대인들에게 시조라는 무게감을 줄이고 부담 없이 감상하도록 하는 데 도움을 준다. 하지만 의도적으로 음수율을 파괴하고 종장의 율만 맞추면 되는 형식의 시조는 전형적 시조라는 장르에서 논의할 얘기가 아니라고 본다. 개인적 취향으로는 정형률을 잘 지킨 전형적인 시조의 묘미를 즐긴다. 특히 단시조는 잘 빚어진 백자를 만난 느낌을 받는다.

고요가
똬리 틀고
어둠이 먹물 같다

아픔을
견뎌내며
돌 위에 돌을 놓고

달빛이
머물다 간 자리
뜬마음을 앉혔다.

- 「산사에서」 전문 -

이 작품은 고요한 밤, 마치 들뜬 세상을 다 내려놓게 하는 산사의 정서가 풍경처럼 그려진다. 시적 화자가 그 풍경 속에서 성찰해 보는 삶이 무엇일까. 누구나 아무렇지 않고 평온하게 멀쩡하다가도 어떤 자극을 받으면 복합적인 요인에 의해 마음이 헝클어지곤 한다. 이 시는 그러한 마음자리를 스스로 찾아 회복시키는 모습에 집중하게 만든다.

"어둠이 먹물 같"은 시간 "돌 위에 돌을 놓"을 때 세상사에 시달렸던 속마음들이 재배치 되는 것이 그려진다. 이렇듯 풍경을 포착한 표현에 난해한 언어는 없다. 그렇다고 직설적이지도 않다. 은유적 표현일지라도 지금 그대로의 언어를 따라가면 그림처럼 정경이 편안하게 그려지고, 종장에서는 어수선했던 마음이 단번에 정리된다. 율격도 잘 지킨 전형적인 단수에서 단아하면서도 깔끔한 매력을 느낄 수 있다. 서경에 서정성이 잘 스며든 작품인 것이다.

채이고
짓밟혀도
탓하지 않으련다.

풀숲이면
어떠하고
길섶인들 마다하랴

애초에

바라지 않았다

견뎌내며 지켰느니.

          - 「질경이」 전문 -

　이 작품은 질경이가 짓밟혀도 잘 견디는 생명력을 갖고 있듯이 늘 도전과 역경에 직면하는 사람들에게 인내할 것을 은유적으로 표현하고 있다. 초장에서는 초월과 달관에 숙련된 모습이, 중장에서는 긴장을 완화하고 담담하게 어려움을 받아들이는 자세가 견딤의 에너지가 되고 있음을 보여 준다.

　탄력성은 인내의 또 다른 속성이라 본다. 가혹한 환경에서 고군분투하더라도 여유 있는 마음자세를 갖는 것, 그런 탄력성은 고난과 고난 관계에서 느끼게 되는 긴장감을 어느 정도 이완시키는 역할을 한다. 따라서 이 작품은 작가 의식의 흐름에 깃든 탄력성을 보여 줌으로써 긍정적 비전을 제시하고 있다. 이에 종장에서 회복력을 지닌 질경이의 생명력이 인내의 마지막은 '극복'이라는 아름다운 결과를 보여 주고 있다. 소재 자체가 긍정적인 마무리를 짐작하게 하지만 뻔하지 않은 표현이 감상에 묘미를 준다.

사유의 깊이가 넓혀 온 긍정의 정서

　인생은 마음먹은 대로 순조롭게 진행되는 경우보다 어렵고 힘들게 고비를 넘겨 가며 진행되는 경우가 많아서 때로는 품고 있던 것도 포기할 때가 있고, 미룰 때가 있다. 그리고 체념도 한다. 그러나 체념과 달관은 의미가 다르다. 체념은 품고 있던 기대나 희망을 더 바라지 않는 것이고, 달관은 인생의 진리를 꿰뚫어 보고 사소함에 집착하지 않고 넓고 멀리 바라보는 의미를 갖고 있다. 그러나 말처럼 달관의 경지에 이른다는 게 쉬운 일이 아니다. 내적 성찰의 깊이가 요구된다. 내적 성찰의 과정이 인식의 전환으로 움직일 때 시는 작가의 사유의 깊이가 넓혀 온 긍정의 정서를 드러내 준다.

　　　닳아져
　　　해진 마음
　　　깁지도 못했는데

　　　온종일
　　　뒤숭숭해
　　　상처가 덧이 나도

뜬마음

접지 못했다

해넘이를 혼자 본다.

- 「해거름」-

세월을 반추하는 시간 앞에 서면 누구나 시인이 아닐까 싶을 만큼 노을빛 속에 시어를 건지는 작가들이 많다. 구체적으로 어떤 환경, 어떤 여건 속에서 얼마큼의 열정으로 살아왔느냐에 따라서 작품의 농도가 다를 수 있다. 그러나 이 작품에서는 추상적이거나 관념적인 언어보다는 지난날을 반추하는 솔직한 심정을 머뭇거림 없이 표현하면서 작가의 진솔함으로 공감력을 얻고 있다. 열정을 쏟으며 사는 동안에 닳고 해진 마음이 없을 수 없다. 뒤숭숭한 마음에 예전 상처가 덧나는 경험 또한 누구나 갖고 있다. 보통은 그런 심경을 종장에서 좋은 결론으로 마무리할 수도 있었을 텐데 작가는 그걸 해결 못 한 솔직한 심경을 그대로 밝히면서 공감력을 높여 주고 있다.

반면, 다음 「그리 산다」라는 작품은 삶에서 해결 못한 크고 작은 문제에 매달리지 않는 달관의 자세를 보이고 있다.

사는 게

다 무엔가

견디며 사는 게지

못다 푼

꼬인 삶은

그대로 덮어두고

깨진 꿈

곱게 모아서

조각보로 박아 내며

　　- 「그리 산다」 전문 -

　삶의 기본값처럼 여겨야 할 문제들을 억지로 풀려
고 애를 쓰다가 더 깊은 상처를 입거나 버겁게 견디
다 보면 회한의 얼룩이 남게 된다. 경우에 따라 때로
는 그냥, 세월에 잠시 맡겨 두면 저절로 풀릴 수도 있
다. 당장은 도저히 해결되지 않을 것 같은 것도 시간
이 해결하기도 한다. 자포자기와는 다른 문제다. 그러
므로 자신을 깊이 성찰하는 가운데 꼬이고 깨지며 일
그러졌던 일들을 부정적으로 여기지 않는 긍정적 마

음이 중요다. 이런 점에서 종장에 "깨진 꿈/ 곱게 모아서 / 조각보로 박아 내며"는 견실하게 나가고자 하는 의지의 방향이자 실천을 보여 주고 있어 긍정이 희망의 길을 여는 바탕임을 보여 준다.

'견딤'이라는 의미에는 아직 달관의 경지에 이르지 못한 채 '노력 중'이라는 과정이 깃들어져 있는 느낌이 든다. 그러나 이 작품은 단순히 견딤을 의미하지 않고 모든 것을 온전히 받아들이고 달관하는 경지를 엿보게 한다. 단조롭지 않았던 지나온 세월의 가치를 긍정적으로 받아들일 때 나올 수 있는 내공과 당당함이 사람들에게 공감력을 줄 수 있는 부분이라 하겠다. 이런 면은 작품「작은 포구에서」도 엿볼 수 있다.

아침 해

낚아 올려

눈 뜨는 작은 포구

파도에

실려 오는

먼 바다 비릿내를

몽돌은

온몸 비비며

마음 닦듯 씻는다.

　　－「작은 포구에서」 전문－

　포구에서 바라보는 바다는 포용과 생명력, 역동적 이미지도 있지만 무의식의 틀까지 흔들어 놓는 무한한 사유의 공간이 되기도 한다. 또한 포구는 넓은 세상을 향해 나아갈 희망을 보는 출구이기도 하지만 그 세상에서 밀려올 고통도 감당할 각오가 필요하다. 해변의 몽돌은 안다. 변신에는 무한한 수행이 필요함을.

　여기서 '몽돌'은 내면을 성찰하고 스스로 정갈함을 빚어가는 화자이자 작가의 모습이다. 어느 시간 어느 장소에서든 스스로를 정화하는 과정으로 내면의 투명성을 높여가는 수행－ 미완의 삶을 긍정적으로 대하는 작가의 자세를 엿볼 수 있다.

계절시에 나타나는 내면적 성찰의 궤적들

　계절을 소재로 한 시들은 외형적으로 그 계절에 존재되는 자연과 생명, 풍경에 의지해 상념의 껍질과 가

늘할 수 없는 무상함을 표현하고 있지만 내면적으로
는 미혹의 세계에서 벗어나고자 하는 승화적 과정을
볼 수 있다. 애벌레가 나비가 되는 과정은 외형적 탈
피를 의미하는 것이 아니듯 승화의 과정은 내면적 성
찰의 단계에서 파악될 수 있다. 계절에 관련된 시들에
서 이런 부분을 발견할 때 감상의 즐거움을 얻는다.

알싸한
달래 향에
막힌 숨 탁 트이고

초록 잎
윤기 도는
다시 또 오월이다

찔레꽃
하얀 눈물이
꽃비 되어 날리는.

– 「오월에」 전문 –

이 작품의 초장과 중장은 오월의 향취를 느낄 수

있는 정경을 그려 놓았다. 종장의 '찔레꽃'은 그 초장과 중장을 받아서 내면의 설움을 승화시키는데 필요한 소재로 보인다. 맑은 향기에서 순박함을 느끼게 하는 꽃이건만 어딘지 서러움이 쏟아질 듯한 분위기를 갖는 건 대중적으로 많이 알려진 찔레꽃 노래가 한을 담아 풀어내고 있어서 선입견에 의한 것일 수 있다. 그 여린 꽃잎 속에 맺힌 마음을 풀어주듯 내리는 꽃비가 하얀 눈물로 형상화된 것은 해원과 승화의 서정성을 보여 준다.

갈대가
서걱서걱
시린 몸 비벼대는

강가에
혼자 섰다.
강물을 배웅한다.

눈물을
모르는 사람도
울 줄 안다, 가을엔.

- 「가을 강」 전문 -

가을은 기억의 보따리에서 삶을 풀어 놓고 소모한 시간을 추억으로 다듬게 하는 역할을 한다. 게다가 '서걱서걱'이라는 의성어에 어떤 표현으로 대신할 수 없는 근원적 쓸쓸함을 부여하고 있다. 그런 감성이 녹아 있는 가을 강에서 시린 가슴을 안고 강물을 배웅하고 있는 화자를 그려 보게 한다.

　'강물을 배웅한다'는 표현은 마치 인간이 자신의 삶을 되돌리며 과거를 되돌아보는 모습과 비슷하다. 스스로 자신의 삶을 버거워한다면 여러 여건상 혼란스러울 수밖에 없었던 삶을 자신의 탓이 아니라 세상 탓으로 돌리겠지만 오히려 화자는 유한한 생명의 시간을 깨닫고 '강물'이라는 시어로써 '세월'의 무상함까지도 가슴으로 안아가려는 의지를 보여 주고 있다. 아픔을 승화시킨 따뜻한 감성이다.

　가을을 소재로 한 작품 중에 "글 한 줄/ 얻으려고/ 생각을 궁글리며//낙엽이/ 지운 길을/「눈目으로 쓸어낸다// 하늘엔 / 흰 구름 한 채/ 이 가을을 탁본한다."라는 작품이 있다. 제목이「산책길에서」다. 산책은 소소한 일상의 일부이겠지만 그 작은 시간 속에서도 부서지기 쉬운 감정의 씨줄과 날줄을 하나하나 시어로 뽑아내려는 의지가 보인다. 종장 "이 가을을 탁본한다"라는 의지와 감성을 선명하게 보여 주는 절창의

결구다.

동안거
겨울산은
골골이 적막인데

허기진
멧새들은
빈가지 쪼아대고

어둔 귀
쫑긋 세우니
졸졸대는 실개천

- 「겨울 산」 -

겨울 산은 견뎌내야 하는 공허함의 이미지를 불러
일으키는 소재다. 빈 가지를 쪼아대는 허기진 멧새에
게서 텅 빈 주변의 쓸쓸함도 느껴진다. 하지만 보이지
않는 화자의 감성에는 결코 고독과 우울함에 머물러
있지 않다. 졸졸 흐르는 시냇물이 겨울의 황량함 속
에서도 생명의 기운을 느끼게 하는 소재로 등장하면

서 겨울산에서의 고립감이 아니라 차분하고 고요한 가운데 희망을 기대하게 된다.

인고의 시간 속에 겨울은 소리 없이 봄기운을 지상으로 끌어올린다.

봄비에
적신 아침
찻물을 올려놓고

어둠 속
빗장 열어
마음의 주름 펴줄

정갈한
시조 한 수 읽는다
이 하루가 오롯하다.

– 「나의 하루」 전문 –

묵묵히 기다려 온 봄에 작가는 주름진 마음을 펴본다. '찻물'은 나를 위한 정화수요, '시조 한 수'는 나를 위한 위로의 노래가 될 것이다. 오롯이 나를 위해

나와 마주한 시간을 보여 준다. 사유에 부정적이고 비관적 요소를 제거하며, 작품에는 한결 정화되고 정돈된 마음가짐을 보여 주려는 모습에 감동하게 된다.

이제, 내 안의 그리움을 만나러 갈 때

지금까지 살펴본 대로 시조의 유연성을 잘 살리며 급하지 않은 호흡에서도 경쾌함이 느껴지는 작품들이 많은데 이것이 작가 나름의 노하우라 하겠다. 압축된 형식에 내면의 정서와 사유를 단정하게 형상화한 작업은 단시조의 격을 알리는 데 충분했다.

흔히 눈에 보이지 않는 것을 마음이라고 하지만 시인의 마음은 시에서 드러난다. 작품마다 어필된 소탈함과 진솔함이 편안함을 갖게 한다. 그렇다고 몰입감이 없는 것도 아니다. 현란한 기교나 의도적 장치 없이 자연스럽게 마음의 흐름에 붓을 든 소박한 진술, 그 자체에 몰입되어 마지막 작품까지 감동을 갖게 한다.

여기서 덧붙여 말하고 싶은 것은 단시조의 맛을 제대로 살리기 위해선 쫄깃하게 낭송하게 하는 운율도 간과해서는 안 된다는 점이다. 인공지능이 시와 소설을 쓰는 시대에 글자 수만 맞는다고 시조가 될 수 있는 건 아니기 때문이다. 이런 면에서 볼 때 이헌의 작품은 낭송하며 음미하는데 필요한 음악적 요소도 갖추고 있다. 내면적 리듬감을 살리면서 소재가 주제를 끌어내는데 절묘한 기능한 부분과 감성의 깊이가 고루하지 않은 점을 볼 때 작가가 조탁에 얼마나 힘을 기울였는가를 알 수 있다.

이제 우리도 이헌의 작품을 봤으니 사는 일에 잠시 미뤄 둔 그리움의 얼굴을 한번 보자.

사는 일
곤곤해도
무시로 털어내며

뒤축이
다 닳아도
한길을 걸어왔다

이만치
살아냈으니
얼굴 한번 봅시다.

– 「얼굴 한번 봅시다」 –

이 작품은 이헌의 단시조집 표제작이다. '인생'이니 '삶'이니 하는 전형적인 관념적 언어가 없어도 사유가 응축된 표현에서 사뭇 장엄함마저 느껴진다. 삶의 무게를 잘 견뎌온 치열한 인생의 궤적을 이미지화할 때 많은 사람이 공감할 수 있도록 표현하는 게 쉽지 않다. 그런데 이 작품은 '가난'이라는 언어가 없어도, '막막함'이라는 표현을 넣지 않고도 신산한 삶을 뚜벅뚜벅 걸어온 이들의 녹록지 않았던 삶, 그러나 묵묵히 자신의 위치에서 최선을 다하고 온 삶이 그려져 있어 공감력을 얻고 있다.

현실을 구현하는 내용으로 자연스럽게 공감력을 끌어낼 수 있는 표현이 작품의 완성도를 높인다. 그러나 정작 작품에 임하면 이론처럼, 생각처럼 쉽지 않다. 따라서 작가가 체득한 언어가 중요하다. 그런 면에서 볼 때 이 작품은 작가 자신이 주체가 되어 내면의 심상을 풀어 놓을 때 작품의 진정성이 공감력을 높인다는 것을 잘 보여 주고 있다. 가슴앓이가 속앓으로 끝나지 않고, 시련의 무게로 지쳐가는 내면의 고통을 한 호흡 한 호흡 정제하면서 건져내는 이 한의 작품들이 앞으로도 질곡의 삶을 살아가는 이들에게 위안의 메시지가 되리라 본다.

한편, 시의 묘미는 다의성에서도 찾아볼 수 있다. "

얼굴 한번" 보자는 표현은 뚜렷한 그 누구를 지칭하는 '얼굴'일 수도 있지만 그야말로 치열하게 살아온 '내 안의 나' 일 수도 있다. 감정의 숨을 감추어왔다면 이제 '얼굴'이 누구든 간에 그리움이 풀어내야 할 것이 관계와 관계, 그 흔적의 향기다. 가슴에 묻어 주고 살아온 사랑이 이타행으로 이어질 수 있을 때 내면을 성찰한 가치가 있는 게 아니겠는가. 이 시조집을 닫는 순간, 만나러 갈 '얼굴'들이 떠올리게 될 것이다. 열심히 살아온 그 눈물의 흔적만큼 피어날 향기를 위해 그리움을 만나러 가자.

이 헌 시조시인의 단시조집 『얼굴 한번 봅시다』에서 몇 수의 단시조들을 감상하고 그의 작품세계를 따라가 보았다. 모든 작품들이 엄격한 시조의 정형을 유지하면서도 순수한 감성과 서정성이 넘쳐나는 시어들로 사물을 관조하고 생각들을 펼쳐나감으로써 독자가 쉽게 접근할 수 있고 공감할 수 있는 편안함을 주고 있다. 때로는 사색과 성찰을 통하여 삶의 의미를 부각하고 잔잔한 그리움을 찾아가는가 하면 예리한 관찰력으로 세상을 바라보기도 하며 비유나 이미지도 한마디로 늘 새롭다. 우리 고유의 정형시조의 맛과 멋은 역시 함축과 절제를 통해서 그윽하게 펼쳐보이는 단시조에 있다고 본다. 이헌 시조시인의 이번 단시조집의 여러 작품들이 새로운 재미를 더해주고 있다. 앞으로도 더 좋은 글로 정형의 아름다움과 감칠맛 나는 시조로서 독자에게 다가가길 기대하며 단시조집『얼굴 한번 봅시다』의 상재를 축하드린다.